Die Gedichte dieses Bandes waren von Rose Ausländer zur Publikation vorgesehen, blieben aber bis zu ihrem Tod am 3. Januar 1988 unveröffentlicht. Über die Nachlaßgedichte schrieb Anton Krättli in der Neuen Zürcher Zeitung: »Bewundernswerter noch als die poetische Aussage dieser Texte ist die Friedensfähigkeit der Dichterin, die aus dem Widerstand gegen die Vernichtung nicht Haß, sondern Hoffnung schöpft.« Und wirklich – anders als Nelly Sachs und Paul Celan, den beiden anderen großen deutsch-jüdischen Dichtern – ist Rose Ausländer über all dem Erlittenen nicht ganz zerbrochen: »Nachts / leg ich mich / in eine Urne / da wohnt / die verbrannte Welt // Am Morgen / seh ich die Sonne / und bin dankbar«.
Die meisten dieser nachgelassenen Gedichte sind in den siebziger Jahren entstanden und fanden vermutlich 1979 / 80 ihre Endfassung. Sie zählen damit zum Spätwerk der Autorin und werden hier zum ersten Mal im Taschenbuch zugänglich gemacht.

Rose Ausländer, geboren am 11. Mai 1901 in Czernowitz / Bukowina, starb am 3. Januar 1988 in Düsseldorf. Sie studierte Literaturwissenschaft und Philosophie. Als Jüdin von den Nationalsozialisten verfolgt, überlebte sie in Czernowitz. 1946 wanderte sie in die USA aus, kehrte 1964 nach Europa zurück und zog 1965 nach Düsseldorf. Seit 1972 lebte sie dort im Elternhaus der Jüdischen Gemeinde. Sie veröffentlichte mehr als dreißig Gedichtbände und erhielt zahlreiche literarische Auszeichnungen, u. a. 1977 den Andreas-Gryphius-Preis, 1980 die Roswitha-Gedenkmedaille der Stadt Gandersheim und 1984 den Literaturpreis der Bayerischen Akademie der Schönen Künste.
Im Fischer Taschenbuch Verlag liegen die *Werke* Rose Ausländers in sechzehn Bänden vollständig vor (Bd. 11151 bis 11166).

Unsere Adresse im Internet: www.fischer-tb.de

Rose Ausländer
Schweigen auf deine Lippen

Gedichte aus dem Nachlaß

Fischer
Taschenbuch
Verlag

Rose Ausländer – Werke
Herausgegeben von Helmut Braun
Band 14

3. Auflage: Juni 2001

Veröffentlicht im Fischer Taschenbuch Verlag GmbH,
Frankfurt am Main, Dezember 1994

Zusammenstellung für diese Ausgabe
Fischer Taschenbuch Verlag GmbH, Frankfurt am Main
Lizenzausgabe mit freundlicher Genehmigung des
S. Fischer Verlags GmbH, Frankfurt am Main

Druck und Bindung: Clausen & Bosse, Leck
Printed in Germany
ISBN 3-596-11164-1

Gedichte aus dem Nachlaß

Wieder Diogenes

Wir
in der Tonne
haben den Hunger gekostet
den bittern Brei
aus Wermut und Lehm

Vor unserer Sonne
der Schattenkönig
raspelt Süßholz
bietet uns
Ehrensold an

Hast du nichts gelernt
bei Diogenes
Deine verzuckerte Krone
ist hohl
lockt uns nicht
aus der Tonne

Wir hungern nach
Sonne und Brot
Steh dem Licht
nicht im Weg

Kneten

Die Nacht an die Sterne
kneten
damit sie zusammenhalten
und wir mit ihnen zusammenhalten
in leerem Schwarz

Das Schwarz kneten
bis die Sonne es
in die Hand nimmt
und durchleuchtet

Uns knetet die Sonne
in Farben
damit wir mit ihr zusammenhalten
Körper die sich bewegen
in ihrem siebengespaltenen
Licht

Ruhepunkt

Wo war der
der dem Schöpfer zusah
sechs Tage
mit ihm ruhte
am Sabbat

sind sechs Tage
vorbei

Keine Ruhesekunde

Wann wird
der siebente Tag
geboren

Ruhepunkt
Frieden

Übergang III

Das Küstenkind
von Aurora geboren
schöpft Schaumwasser
mit einer Muschel
spinnt ein Hemdchen
aus roten Fäden
dann schwimmt es
hinaus ins Meer
läßt nur
ein paar Fäden zurück

Das Loch

Feuer
brannte ein Loch
in die Welt
weltweit

Im Loch
leben wir

halten uns fest
am Rand aus Wurzeln

Noch
nähren sie uns

Erstgeburt

Die große Dotterblume
sonnt sich im Schnee
zu Schnee geschlagen
                    die Wolken

in der Märzwärme
riechst du
die frische Erdhaut

im Allweiß zerbricht
der tausendfarbige Regenbogen
in deinen Augen

hier
      an dieser Stelle
ein Schneefleck ohne Wahrzeichen
das schlafende Weiß aus dem Schneeschlaf
weckt die Märzmutter
magnetische Mutter
zerreist die Nabelschnur
im Schnee
                hier an der Niemandsstelle

Schau weg schau her
in den Safranblick
in die Glocke aus Schneeblatt und Halm
Staubgefässe Blumendotter
das nächste Geschlecht
steig in den Schneekelch
Zeuge der Zeugung
schlaf noch im Safranschloß
eine Märzminute
bricht deine Kapsel auf
in der Wärme

sieh
    dein blauer Schatten fällt
kühlend
        auf
            die erstgeborene Blume

Nespolie

Kleine japanische Birne
in meiner Hand
der Sommer
drei glatte Kerne
im Herzen

Nespolie
Herzform
kleine japanische Birne
in meinem Mund
der Sommer
ihr Blut

Ohneschlaf

Ohneschlaf
fließt zwischen Sternen
die Milchstraße

Ununterbrochener
Milchstrom
für schlaflos Dürstende

Sonne V

Der Hahnenschrei schneidet
die Naht der Nacht auf
Der Morgen flutet herein

Wolken in duftigen Strümpfen
eilen zur östlichen Mauer

Du schüttelst die
spärlichen Sternfedern
aus dem Haar

Purpur
wächst um dein Erwachen
Du liegst im Licht
SONNE sagst du
und berührst mit Fingerspitzen
ihre Wange am Fenster

Blutsverwandt

Die Blauäugigen Schwarzhaarigen
Dunkelhäutigen und Hellen

Die Schwermütigen Fröhlichen
Einsamen Verfolgten

Die Schwärmer Rebellen
und die paar Heiligen

die ich nicht kenne
die mich nicht kennen
und doch wissen
daß wir
blutsverwandt sind

Droste II

Die Burg
Burgfrieden
mit der Zeit

Droste
hier
ihr Blick
ihr Boden
See zwischen Grenzen

Vom Turm
ohne Grenzen
ihr Ruf
Zeuge der Zeit
eint was entzweit

Ihre Bronzelippe
erzählt
Sagen
der Höh
dem See

Sein Silbermund
weiht uns ein

Herzkirsche

Ehe der Atlas
eine Wendung macht
ehe die Rose
ihre Röcke ordnet
ehe dein Atem zurücksinkt
in den Stickstoff der Erde

fällt dir ein Herz zu
eine Kirsche
aus dem Korb
den die Sonne
bereit hält

Mai IV

Auf dem braunen Berg
wächst wieder Grünhaar

Du wirst
dem Maimädchen begegnen
aus sonnengeflochtenem Korb
streut es Flieder und Atemblätter

Zusehends
wächst die Kleine
ihr Gesicht
eine Sammelblume

Sie wird dich nicht sehen
lächelnd
an dir vorübergehn

Schweigen II

Eine verschwiegene Hand
löscht die Lampe
im Fenster

Unsre Stimmen schlafen

Ich lege mein Schweigen
auf deine Lippen
du gibst es wortlos
meinem Mund zurück

Sternfedern
fallen uns in die Rede
verbrennen

Wir blasen ins Aschengefieder
Um unsern Atem verstärkt
Sternphönix
steigt aus der Stille

Verstohlene Hand
zündet im Fenster
die Lampe an

Wabe

Eine Wabe Zeit

Du trinkst
den süßen
den bittern Honig

Jeder Tropfen
ein Tag

Die Bäume

Immer sind es Bäume
die mich verzaubern

Aus ihrem Wurzelwerk schöpfe ich
die Kraft für mein Lied

Ihr Laub flüstert mir
grüne Geschichten

Jeder Baum ein Gebet
das den Himmel beschwört

Grün die Farbe der Gnade
Grün die Farbe des Glücks

Flucht der Jahreszeiten

Die Rose rostet

Hat auch die Aster
ein Herz

Und wenn es bricht
kann man mit
Kohle und Kohl
überwintern

Das Fenster beherbergt
einen Eindringling
er schiebt sich
zwischen uns und die Welt

Indes
unsre Freundin
sein Erzfeind
ist unterwegs
Besucht sie uns
zieht er aus

Sie liebt uns
bringt Krokus und Kirschen
Kurz und köstlich
das Fest

Wiederkehr

Einst
habe ich dich geliebt

Du kommst
aus dem Grab zu mir
und rufst mich

Laß uns wieder spielen
sei mein Genuß

Ich bin eine Nuß
und rolle zu dir
in die kleine Grube

So hatten wir
Passah
als Kinder gespielt

Raben

Raben
schwarze Gedanken
kreisend über dem Grab

Kränze
aus Flocken geflochten

Unter dem Stein
Eswareinmalsein

Stör nicht den Schlaf im Schnee
die schöne Legende:
Sternaug
unsterbliche Liebe im Dornröschendorf
unter verschütteten Küssen

Raben verschrein den Namen
der noch feucht
auf meiner Lippe hängt
Blutstropfen warm im Winter

Verscheuch
das Rabengeschrei
Laß den Schnee
das Grab begraben
das steintote »Lebewohl«

Tau

Im Tautropfen
das Auge Tausendschön

Flüchtige Perle
Frühling

Im Farbenfeuer
taut
dein Eis

Dankbar

Rote Tinte
hat meine Haut
tätowiert
mit verworrenen Zeichen

Nachts
leg ich mich
in eine Urne
da wohnt
die verbrannte Welt

Am Morgen
seh ich die Sonne
und bin dankbar

Eine kleine Nachtmusik

Eine kleine Nachtmusik
Nacht
Musik
tanzen
Sterne
Freude

Du und das Weltall
zwei fröhliche Tänzer
in der Nacht
Musik

Eine kleine Nachtmusik
sieh
Mozart der Stern
liebt den Tanz

Du und das Sternall
drei Welten tanzen
Nacht
Musik
Mozart

Milch

In der Milchstraße
werden Waisen gestillt
die den Mutterglauben
verloren

Die Nacht gibt ihnen
Nahrung
ein Wiegenlied
hinter dem Mond
schaukelt
ihre Trauer

Oskar Kokoschka

Aus Farben
Körper kneten
Welt
aus Gesichtern

Stirn Lippen Augen
du siehst
die Erde dreht sich
um den menschlichen
Regenbogen

und seine flüchtigen
Landschaften

Schwüre

Verstümmelt die Bäume
von eingeschnittenen Herzen

Äste zerbrochen
von gebrochnen Versprechen

Das im Himmel versunkne
Apfelland
wo Verliebte
Schwüre tauschen

Blumen

Mondgelbe Mimose
zart wie ein Hauch
wirst du mein Grab
einst schmücken

Freunde schicken mir Blumen
rosenrot gelb und blau
verwandeln mein Zimmer
in einen Garten

Ich liebe alles
was blüht

Die Nacht I

Die Nacht
ist mein Tag

an dem ich
meine Welt
erschaffe

Fontäne

Wasserlanze
ihre Spitze
bricht ab

Zersplittertes Naß
setzt sich wieder zusammen
schneidet sich aufwärts
zum zerbrechlichen
Höhepunkt

Traum II

Auf einer Wiese
voller Primeln und Löwenzahn

Ich lag im Bett der Sonne
sie umarmte mich mütterlich
der Wind streichelte brüderlich

Da kam ein Wolkenreiter
und raubte die Sonne

Die Wolke fiel auf mich
durchnäßt lief ich und lief

bis ein Regenbogen mich auffing
und an den Himmel malte

Königskerzen

Königskerzen in Brand
kein Grashalm verbrennt

Auf deinem Gesicht
flammt die Sonne
Tautränen löschen
den sengenden Schmerz

Deinen Durst
löscht der Quell

Wieder beruhigt
Leib und Gemüt

Es leuchten die
Königskerzen

Plünderung

Wiederkehrvögel
Amsel und Fink

Immer beseligt das
Lied

Polster aus Moos
für Tagediebe

Wer Feuer gekostet
darf trinken
vom Schattenquell

Schützt keiner den
Atem der Blumen
Sonnenschelme plündern
das Rosennest

Löwenzahn

Astralzarte Kugel

laß mich
einen unverläßlichen
Augenblick lang

eh der Wind
dich entatmet

laß mich
dein mathematisches
Wunder
rühmen

Leukämie

Im Körper die Körperchen
weißes Gedränge
der Lebensraum
überfüllt

die leben wollen
im Körper
in ihm sich vermehren
wie Sand im Meer

sie fressen ihn auf

Schwierige Lektüre

Im Dickicht den
Weg verlieren

Nacht Luna
Spur wilder Tiere
Pilze im Purpurhut

Wind knarrt ein Wildbach
Kristall Geröll Forellen
fliegen durch Ringe ans Licht

Blätter fabulieren Mythen:
Eden Versuchung Fluch
Dürre
ein Erwählter
schneidet den
Quell aus dem Stein

Der Pfad Gestrüpp stockt
nimmt wieder auf die
Fährte zu der Höhle
das Fabeltier
gähnt und wendet sich ab

Trauer III

Die Trauer
ist ein Vogel
mit verwundeten
Flügeln

Wassilij Kandinski

Getauft
von Regen
bogen

Farben seine
Religion predigte
Landschaften
verwandelt in Bewegung
Flächen
Linien
Punkte

Sie fielen
in seine Hand
er nahme sie
vollzog sie nach

März II

Wiedergekehrt ins Land
wo Sauberkeit herrscht

Straßen mit Schnee gestrichen
reingewaschen mit Regen
der Bogen siebengespannt
über gotische Dächer
im Sintflutland
lachend zieht sich
die Sonne zurück
der Regenbogen erbleicht
ein zorniger Blitz
schreibt

Füllhorn

Aus dem Füllhorn
hol die Feuer
Dornbusch Neon und Mond

Vom Zeiger zerstückelt
flüchtet ins Aug
die Zeit
singt Hymnen auf
Schimmel unter der Haut

Bei geschlossenem Lid
setzen den Tanz fort
eindringlich
die Splitter
im Iristraum

Kaleidoskop
aus Stachelmustern

Sonnenstrahlen

Ein paar Sonnenstrahlen
vergolden das Zimmer
als wär es ein anderer Raum
aus einem anderen Reich
als sei ein Freund gekommen
mit Blumen
und einem Goldwort
das du vergessen hattest

Augenblick
der Beglückung

Verregneter Sommer

Auf grauen Luftschienen
pausenlos
fahren die Räder
der Regenmaschine

eine Bibelzeit lang

Nichts
unterbricht
die feuchte Farblosigkeit
das sündige Naß

Windbrunnen

Im Windbrunnen
ertrinken
Worte Stunden

Es kommt keine Gnade

bis die Sonne
ihn trinkt

Litanei II

Angstfrei
das Vogellied
im Laubnetz

die eingefangene
Freiheit

wie deine
Lebenslitanei
sich singt

Lionel Feininger

Die Atmosphäre schimmert
verweilt
im absoluten
Ort der Ruhe

Farben erfinden Türme
mit raumlosen Spitzen

Der ideale
Mensch

Balance

Für den Krieg

Im Geschäft wo
alles vorrätig ist
kaufte ich eine
Stunde Zukunft

Sechzig mobile Minuten
für den Krieg
mit der Zeit

Stammbuch

Die sich wand um den Stamm
die Schlange
erschlagen
In ihrer Haut
fühlten die Blätter sich wohl

Weißgefrorne Flächen
Versuche im Eislauf
Da übten Kinder mit
ängstlichen Schritten
den Schriftraum erobern
Pirouetten um Sprüche
verschnörkelte Unterschrift

Namen mit Tinte getauft
Haarstrich und Schatten
ungleich verteilt im Weiß
aber es bleibt beim Schwur
letterntreu:
IMMER UND EWIG DEIN

Der Lehrer lud Goethe zu Gast:
SIEH DAS GUTE SO NAH

Von brüchigen Blättern fällt
Vergißmeinnichtstaub
Verblaßt die olympische Inschrift:
DENN DAS GLÜCK IST IMMER DA

Ausrufzeichen zum
Fragezeichen gekrümmt

Wir lernen das Gruseln
auswendig
ritzen es in die Rinde
unseres Stammbaums

Vertrauen II

Die Rose
vertraut sich
ihren Dornen an
sie lassen sie nicht
im Stich

März III

Im endlosen Uhrwerk
das Märzrad
Wind in den Speichen

Kühle Sonne durchblutet
das Glasherz der Stadt
Es schlägt in die Augen
es führt ein Spiegelgefecht
mit sich selber

Stöcke
von Kränen
hochgezogen
Verschlägt's dir den Atem

Geh zu den Bäumen
bald wirst du sie
nicht erkennen.

Die Farben halten zusammen
Kein Schatten
führt hinters Licht

Im Aug

Berge
diese strahlenden Massive
wenn
Sonne sich legt
ins Tal

die zerrissenen Adern
der Waldwege
zusammenwachsen
ohne Narben

der verletzte Mensch
seine Wunden
verschmerzt

die Ideologien vergißt
den stillen Stein rühmt
den tosenden Wasserfall

und sich erkennt
im Aug
einer Pupille

Sonne IV

Ein Kind in Angst
vor dem eigenen Schatten
im grausamen Licht
in das es mittags gerät
die schwarzgelbe Spinne
im Aug

Unbeschriebenes Blatt II

Du triffst
in die weisse Scheibe:
Zeichen die aus dem Viel
ein Weniges machen
ein Wort

Mythos –
hier kann er Wurzel fassen
im unbefleckten Papier
aus dem Holz geholt
aus gefällten Blättern
und Wohlklang

Hier bekommt
der Gedanke Kontur

Zeichen stellen
der Zeit eine Falle
Die drei Dimensionen
haben hier Platz

Wasserdicht

Als wärst du Stein
zu Tode getropft

Dein Fleisch ist
härter
die Haut hat
offene Türen die rennt
der Regen nicht ein

Das Härteste
wasserdicht
Geist

Literatur

Mühle die mahlt
schnell schneller
bald bleibt keine Zeit

Aus Eisen Sternen Luft
Buchstaben

Der Müller träumte
sieben Hungerjahre
die mahlt er
zu Schwarzmehl

Tägliches Brot
auf irdischen Tischen
reicht weiter reicht weiter
die Brocken

Der Hunger hat viele
unersättliche
Mäuler

Liebe VII

Eine Form des Lichts
Im Auge gezeugt
Selbstverbrennung
Phönix
Wieder-Wiedergeburt
Hat zahllose Augen Ohren Münder
Formel für Blühen
Die Königin wird regiert
Weisheit der Torheit
Der Busch brennt

Rhythmisch

Über Adern
Blumenblut und Gestein
rhythmisch die Speichen
der Sonnenuhr
Augengold
Wangenwaage
Es blüht
das Verhängnis
Liebe

Steine

Der Fluß
wirft seine Kraft
in die Furche
Steine
vom Wasser bezwungen

Nie endet ihre Geduld
unter der Nässe
trocknen ihre Poren
Klaglos ertragen sie
ihr langsames Sterben
halten geheim ihren Argwohn
gegen das Wasser

Im Jahre der Dürre
wenn der Strom verendet
Stein an Stein
im Luftatem verjüngt

Reib aneinander
den Stein
die Funken springen

Waiting for Godot

Schlangenbeschwörung
unter dem Baum
Fata Morgana
warten bis der Apfel fällt
schürft der Engel die
Feuerflügel

Kein Siegerkranz nur
Erwartung nicht Gold ein
Kamel geht durchs Nadelöhr

Abwärts in den evakuierten
Himmel Lager aus Sternstroh
Milchstraße ohne Milch schaukeln
Mütter leere Wiegen

Durch ein Nadelöhr in den
Himmel ohne Heil die Mütter
wo sind die Kinder
warten auf den
Messias
namens Godot

Zeichen der Zeit

Nadeln ziehn scharfe Fäden
durch Wangen aus Wachs

Verworrene Muster
Ein stachliges Netzwerk
kein Nest

Wo sollen die Wandervögel
schlafen
Flaumwangen
könnten sie schützen

Wundert euch nicht
sind nicht
die einzigen
Zeichen unserer Zeit

Verstehst du

Erblickst du
die Fata Morgana
im Wüstenherz des Sandreichs

Erkennst du
das goldene Gefieder
einer Flügellandschaft

Siehst du
das Haupt der Erde
ragen
aus dem Wasserschoß

Kannst du
die Stimme der Stummen
hören

Verstehst du
den Traum der Heimatlosen

Im Mond

Wer sagt
ein Mann
wohne
im Mond

Mondfrau
das Gesicht
verschleiert

Türkin
nachts
aus dem Harem
geflüchtet

Wo
wohnst du
in den abgewandten
Tagen

Namen II

Reise ins Namengebirge

Tag um Tag
Bergkonsonanten
Talvokale

Aus wechselnden Mustern
Stationen

Finde die Farbe
die jedem Namen
gebührt

Das Unbekannte

Bekannte Unbekannte
rufen mich an
darf ich Sie besuchen

Nein sag ich
kommt

Gut sage ich
geht

Das unbekannte Leben
geht weiter
bekennt sich zu mir

Der Gipfel

Berg aus Bildern

Der Gipfel ein Auge
das sieht
die runde
blutende
Erde

Zurück V

Der Baum
vor meinem Fenster
schaut mich an

Ich schau
zurück

Seine Vergangenheit
mein Winter
seine Zukunft
mein Sommer

Ich schau
zurück
in meine Zukunft

Jugend III

Fortunas
Walzerherz
im Fliederland

Fieberfingrig
lenkt sie den roten Wagen
im Karneval

Vor den Schaubuden
schmettern Fanfaren
kommt
kostet das Leben

Im Leinwandraum
die Pantomime
wir fließen im
Lippenstrom
schattigen Augen zu
Sag
Greta Garbo
wie schwer
wiegt das Glück

Trug

Waffen
in Hexenesse geschmiedet –
sie zu träumen
ist schon Gefahr

Mit Blendwerk beladen
der Jahrmarkt
Das Trödeltier zieht den
Karren durch den Kram
Lockung und Kauf
du zahlst mit Münzen aus
Mark und Verzicht

Wie steht dir die Maske
Lachen
dem tragischen Mehlgesicht
abspenstig gemacht

Im Keller
Kannen voll Stunden gezapft
bis auf den letzten Tropfen
mit blinden Kumpanen gezecht

Wink mit der Wimper
Asche im Bart
Aus verhängtem Spiegel
holt die Kerze
kein Echo

Ritual II

Endloses Ritual

Zurückgekommen
die Toten
erwacht würzen die Luft
hyazinthisch

Das Unersättliche

Wir Ungleichen
auf der gleichen Kugel

Da sprießt aus Begierde
und Blut
das Unersättliche
nenn es
Tod oder Leben

Es wird dafür gesorgt
daß Kirchen Tempel Moscheen
in den Himmel wachsen

Der Himmel staunt
über soviel Liebe
aus Stein

Meine Masken

Die blaue
Jubelmaske

An Trauertagen
trag ich Wangenschnee
und eine rote Nase

Grüne Maske
aus Gras und Traum

Meine Sünden
weggewaschen
auf meiner Regenbogenmaske

Chamäleonfarben
eine Feindeshand
reißt mir alle Masken
von der Seele

Lerchen

Es gibt noch Lerchen
die nicht verlernt haben
zu singen

Laß uns emporschweben
und ihnen lauschen

welches Glück
singen zu können
wie sie

Staunen II

Hinter meinem Frohsinn
atmet die Trauer

Hinter der Trauer
steht mein Staunen

über Frohsinn und Trauer
und über alles
was war
was ist und
was sein wird

Überholt II

Verwandelt
vertauscht

Ich war einmal anders
sagst du dem Spiegel
er glaubt dir nicht

Schneckengänger
Schnelläufer

vom Sanduhrschritt
überholt

Oder III

Entlang einer Mauer
ging ich
oder
war es mein Schatten
oder war die Mauer
ein Schatten oder
die Nacht war eine Mauer
die neben mir ging
oder
ein Traumschritt wir
schritten zusammen
schattenhoch
fielen wir
fielen
zusammen

Mimosen

Mimosen lege ich
zwischen die Zeilen
die uns binden und trennen

Anderes habe ich nicht
und du hast keine andere
als Mimosensehnsucht

Taub-Stumm

Verschont
wird keiner
wir wissen es längst

Aber ich sage
Liebe komm lieb mich
schonungslos

Hört mich nicht
sieht mich nicht
sie spielt Schach
mit ihrem Schatten

Bekenntnis II

Ich bekenne mich
zu dir
den ich nicht kenne

Ich habe dich erkannt
als wir im Stein
zusammen
schwiegen

Was immer es sei

Was immer es sei
gut oder verwerflich
schau es an
von allen Seiten
grab aus deine Wurzeln und
grab sie wieder ein oder
zerstör sie
mach ein Ende
oder fang wieder an

Zusammenhang

Ohne mich
wäre alles anders

Die Erde denkt
durch mich

Mein Licht schenke ich
den Sternen

In den Bäumen rauscht
meine Sehnsucht

Meine Seele
wogt im Meer

Ich
ein Stäubchen Stoff
ein Fünkchen Geist

Keine Zeit III

Fremder Freund
ich teile mit dir
Lautlosigkeit
und Sprache

Wir leben
das Wiedersehn
haben keine Zeit
Ade zu sagen

Stammbaum

Ich bin vom Stamme Levy
mein Baum hat zehn Stämme
verzweigt
auf den Blättern
steht die Thora geschrieben
die Wurzeln greifen
in den Himmel

Die Hand

Kennst du meine Adersprache
das Runzelgeraun meiner Knöchel

Ich nehme ich gebe
bin unternehmungslustig
freigiebig
auf mich ist Verlaß

Hand aufs Herz
ich liebe dich
laß uns Handschlag machen
ich kann dich liebkosen wie keiner
erwürgen wenn ich dich nicht
liebkosen darf

Du siehst mächtig bin ich
in meinem handfesten Reich

Meine Lebenslinie
Geheimschrift
verrate ich nicht

Reich mir die Rechte
unterschreib
was ich dir antun will

Fanatisch

Von einer Pause
zur andern
schlagen die Hämmer
der Uhr
eine Brücke

Du gehst und glaubst
du bist angekommen

Das fanatische Spiel

Im Wanderwald

Im Wanderwald
wachsen
meine wilden
meine sanften
Bäume

Angst
verstrickt ins Geäst
Gespensterwald

Ihr
lockenden Birken
wir kennen uns
auch in euren
Verwandlungen

Jugend
mein innerster Ring
im umringten
Jahrzehntekreis

Vor der Nachtigall
wein ich mich aus

vor dem Kuckuck
lach ich mich aus

lach ich mich aus
dreimal viermal
wenn das Echo
mir zuhört

Treue II

Auf dem Kristallberg
Treue geschworen
vor hundert Jahren

Sie sind vergangen
der Schwur
vom Wind weggeblasen

Ich lebe im Grab
du ein Grashalm
auf meinem Hügel

Unsterblich

Der Schrank
frißt
Wolle und Werg

Aus Kleidern
fallen Motten
trunken vom
Staub
der nicht stirbt

Verstümmelt

Steingeborene
mit verstümmelter Stimme
singen wir harte Lieder
dem Wind

Seine Stimme
vom Blitz zerschnitten
Säge aus Eis und Luft

Wir hörten den
knirschenden Ton
verstümmelter Harfen

Kreise

Um den Nabel der Erde
kreisend
unter dem
strahlenden Netz

Sekunden
Tage
Jahre
keine Zeit zu zählen
die Maschen

Sonne
brennender Geist
dir untertan

einst
werden wir du sein
strahlender Kreis

zählst du
die Augenblicke
deiner Verwandlungen

vom steten Sterben
erschöpft
wir schlafen

nach innen gezogner Kreis
hypnotisierte Atome
Augenblicksbilder
im Kreislauf
um welchen Pol

werden wir
einst
enden

Blindlings

Der Tod hat
auf mich
ein Auge geworfen

Ich durchschaue ihn
stelle ihm eine Falle
stelle mich tot

Er fällt nicht herein
liebäugelt mit meiner
Totenmaske

Ich öffne die Augen
und gehe ihm
blindlings entgegen

In memoriam B. Sch.

Jung und schön
sie hatte schon
Metastasen

Der Schmerz zerbrach
ihre Stimme ihre
Träume

Luft aus Stickstoff
der Raum in Beulen zerschnitten

Das Zimmer
ein Berg aus Schatten

Im Fenster
weinte der Wind

Das Leben wanderte
weiter

Erinnerung an Frau M.

Sie war eine Frau
voller Dornen

Man nannte sie
herzlos

Die Rose in ihr
erkannte man nicht

Heimlich
duftete ihre Liebe

die sie schenkte
mit einem Stich

Versagung

Du kommst in die Taubenstadt
mit den sanften Giebeln
In den Verschlägen
wohnen Wölfe

Auf dem Berg hat der Schnee
ein Diamantschloß erbaut
Von der Uhr geführt
betrittst du den Saal wo
der Thron stand
Weiß strömen die Wände
die Möbel die Teppiche
in die Märzschmelze

Du flüchtest zum Meer
die schuppige Brandung
hält deinen Schritt in Schach
Jenseits des Wassers
wartet dein Sohn
auf das Erbe
aber das Schiff liegt
gescheitert vor dir
auf dem Strand

Durchsichtig

Diese Stunde
wird durchsichtig

Ich durch-
schaue sie

ihre einhellige
Absicht

mir
eine Stunde
meines Lebens
zu rauben

Um zu lieben

Analphabetisch
les ich
die Zeit
buchstabiere
die Botschaft

Myschkia
mein russischer Bruder
lebt
weil er sterben muß
um zu lieben

Die Spinne

So viele
Worte Fragen Erwartungen

während
die schwarze Spinne
ihr Netz für dich
spinnt

Frost II

Gefrorenes Feuer
legt mein
Erzfeind an

Schwälblein
aus Porzellan
mein Arsenal

Wir protestieren

Aufgezogen
der Eisbär tanzt
nach meiner Pfeife

vor rotem Ofen
eine Schwalbe macht mir
Sommer

Eingeschrumpft
im Igelschlaf
ich schärfe meine
Stacheln am
Frost

Drei

Die Tafel
mit dem Griffel verwundbar
drei Worte
ich
bin
wir

Weggewischt
zähl ich nicht mehr

Ich zähle bis drei und mehr
auf der Tafel
schreiben
drei Finger
weiß auf schwarz

Verbunden

Immer verbunden
mit dem Nichts
aus dem du heraufblühst
und sieh es ist schön
und sieh die Angst
hinter der heiteren Maske
das geliebte Gesicht
das stets lebendig
verbunden mit dem Nichts
diesseits und jenseits

Mein Gott sagst du
als wüßtest du seinen Namen
der zu dir spricht und
schweigt

Wasser

»Lebloses Wasser das
alles Lebende
am Leben hält«

In dir sind
wir geschwommen
vor unserer Geburt

Du wirst regnen
auf unsern Staub

Die Schere

Um einen hohen Preis
eine Schere erworben
die zurechtschneiden soll
mein Leben

Sie schneidet scharf
und schief

Jeden Tag

Jeden Tag sterbe ich
und werde neu geboren

Ich bin ein Hauch aus Worten
Silberlilien blühen
in meinem Garten
ein blauer Engel
bringt mir
Himmelsgrüße

Schon geht der Tag zu Ende
ich muß sterben
mein Lichtgott
laß mich wieder
erstehn

Der Ball

Aufgefangen
von fremder Hand
träumt er seine Freiheit
im gezwungenen
Aufabspiel

Überhört

Ich habe ihre Schreie
gehört

Ich schrie auf
als ich sie hörte

Wir wurden
von den Wortführern
stillschweigend
überhört

Tote Orakel

Leergelebte Reminiszenzen
der Zukunft
hakenschlagender Schritt

Tausendmündig
tote Orakel
kein Griechenland
heute

Stehen oder fallen
die Türme
im fieberhaften
Herzschlag der Zeit

Letztes Kapitel

Ich schreibe
das letzte Kapitel
in mein Lebensbuch

Noch
liebe ich
mich satt
an Silben

Vor meiner Tür
steht
der Weltuntergang

Freunde
ich frage
Aufwiedersehn

Katze

Katze aus Schnee
Bernstein aus Schlaf
steingehauen

Milchsanftes
geschmeidiges Tier
immer
auf dem Sprung
nach Mord

Irrsinniger

Finsteres Muttermal
ein trockener Blutstropfen
auf der
Seelenhaut

Worte fressen
einander

Das Lachen
erstrickt

Ein Wald wächst ihm ins Haar
Liselore kämmt es

Er mordet die Mutter
sie lebt weiter
im Traum
und küßt ihn
aufs Herz

Der unbekannte Soldat

Ich bin
der unbekannte Soldat

Alle Länder
legen Kränze auf mich

Sie drücken mich
nieder

Wiedergeburt

Den Todestribut auf den Augen
gehen die Toten
Embryos
in ihre dunkle Wiedergeburt

Liebevoll aufgenommen
vom Erdschoß

Sandsein ihr nächster Name
der nächste Verwandlung

Unterwegs

Die Namen
der Erdteile
in meine Fersen
geätzt

gefaltet
mein Haus aus Papier
im Arm

Unterwegsländer
eilen

Mein Schritt
kommt nicht an

Tohuwabohu

Diese Stunde
Überfall Leben
Tohuwabohu

Wer weiß
wann deine Stunde schlägt
eine Biene sticht dich ins Aug
ein Messer sucht deinen Rücken

Wege verworren aus Herzblut und Feuer
vor deiner Tür stehen zwei Drachen
nicht rechts nicht links schau
geh in dein Zimmer wo
das tägliche Brot
trocknet

Meine Jahre

Was taugen sie mir
meine Jahre
ich rechne nicht mehr
mit ihnen
ab
ich rechne
nicht mehr

Ausgleich

Ich lebe in meiner
Verwesung
ein Wesen im Kopf
und Gelenken

im Reich
verwesender Leiber
blühender Augen und Lippen

In memoriam Chane Rauchwerger

Getto
Hungermarsch

Bei 30 Grad unter Null
schlief meine fromme Tante
(immer betete sie
glaubte inbrünstig an Gerechtigkeit)
schlief meine sündlose Tante
ihre Tochter ihr Enkel
nach vielen Hungermarschtagen
auf dem Eisfeld in Transnistrien
unwiderruflich
schliefen sie ein

Der Glaube
der Berge versetzt
o weiser Wunderrabbi von Sadagora
Chane Rauchwerger glaubte an dich
wo warst du
damals
wo war dein Wunder

Gegen

Wir halten die Welt
an der Hand
führen sie ein
in unser Vertrauen

Hier die Länder
Licht an Licht

Wir nehmen sie in die Hand
führen sie ein
in die Namen

Drohend
Schatten an Schatten
stehen sie
gegen uns auf

Zigeuner

Zigeunerzeit
dies ruhelose
gelassene Leben

mit Geige Karten
und Zukunftsspiel

Pappeln

Laß die friedlichen Pappeln
in Frieden
die grünen Zeigefinger
zum Himmel

Atme ein ihren Atem
sie
werden dich überleben

Ob dein Vers
sie überlebt
weiß der Himmel

Winter V

Es schneit
in mein Herz
Eiszapfen funkeln

Im Schlitten fahre ich
nach Sibirien
um verbannte Freunde
zu suchen

Sie sind erfroren
ich finde nur Schnee
der wächst
bis zum Himmel

Wie komme ich
heim

Verschwörung

Rosen
verschworen
die Luft zu erdrosseln

Wir flüchten

Das Dornennetz
fängt uns ein

Wir
maschenvermummt
in Atem gehalten
von
schwindsüchtig-roten
Kelchen

In den Bergen

Siamesische Riesen
im gemeinsamen Stein

Wolkenschlachten
im Blitzfeld
Volk gegen Volk

Der Bergsee
kennt viele Gesichter
vergißt sie
im Nu
irrlichttreu

Schluchtenentlang
an der Wurzelumklammerung
Geh in dich

Trauerblumen

Aufgewachsen
unter Heiligen
Asche lang

In ihrer Nähe
lebe ich
in lehmiger Kutte

Muttermal
meine sprießende Wunde

Die Trauerblume
gedeiht

Treue I

Mein Meer
bewahrt mir die Treue
in seinen Spiegeln
find ich mich wieder
vielfältig

Es singt mich
zur Ruh zur Unruh
aufgelöst
in endlose Rhythmen
singt es
meinen wässrigen Leib
in den Sand

Spirale

Aus Phosphor die Dame
schön eine Schlange
dem Pfarrer ins Haus geschickt
vom anfänglichen Engel

Wie soll er sich wehren
schwarz ihre
Feuerzunge
die Dame schöner als schön
himmlische Schlange

Der Herr zu hoch
sein Wille geschehe
Phosphorsäule
Schlange nur Dame
im Haus des Herrn
wie soll er sich
wehren

Wo III

Wo
Gevatter Tod
in welchem Kelch
Schierling oder Bordeaux
wartet dein Anrecht
auf mich

Ich werde dich nicht
verraten
sprich

Rettung

Regen fällt
fällt uns in den Schoß
Regen
keine Dukaten

Götter treiben
den Ozean
in schlafenden Schiffen
reisen die untergegangenen
Länder

Wir waschen unsre Hände
im Regen
der Himmel fällt uns nicht
in den Schoß

Es blitzt
wir flüchten
ins Wolkenschloß

Himbeeren

Im Himbeerstrauch
dein Gesicht

Mein Blick blutete
als ich es
aus den Dornen schälte

durchsichtig
Liebkosung aus Luft

Im Augenblick heilte die Wunde

Ich der Strauch
du die Himbeersonne

Die Beeren hatten
deinen Duft

Wo II

Die Wunder
sind verebbt

Riesenzwerge aus Pappe
Flugzeugländer

Neue Fragen
mit harten Rippen

Wo sich
vor der Antwort
verbergen

Vergebung

Die schöne
Schlange

Ich hab ihr
mein Sterben
verziehn

Wie könnte ich leben
ohne zu wissen
daß Adam
mein Mann war

Mona Lisa

Vergiß nicht den Hintergrund:
Wasser und Strauchwerk,
Schlangenpfad hinter der Schulter,
Wege ins Braun.

Bis an den Rahmen
beteuern die Dinge:
Nicht wir!

Die Mitte vorne
hat einen Körper,
Gesicht und Gewicht
für uns alle.

Der heiter trauernde Blick
(ohne Brauen)
simultan nach vier Seiten
erreicht dich.

(Jahrhundertelanges Gespräch
um ein Lächeln,
das noch nicht lebt.)

In der Schwebe
Lippen nach oben geschlossen.
Meister der Maße:
Wo fängt das Lächeln an?

Weißt du nicht

Merkst du nicht
die Schlange vor deinem Schritt
hebt ihren Kopf

Zeigt dir der Spiegel
nicht deinen Traum

Hörst du nicht
die Klage der
krebskranken Frau
aus dem Hinterhof

Weißt du nicht
daß das Licht
einen Leib hat
in deinem Denken

Gold

Jede Berührung belohnt
dem König Midas

Alleinsein
im Gold

Kauf dir
eine Brotrinde
ein Salzkorn
ein Euter

Glanz
hast du gekauft
deine Zähne kauen
Edelmetall

Freue dich
deine Goldorgane
werden deine Erben
schätzen

Mein Architekt

Mein Architekt
baut Mauern
um meinen Blick

In seinem Aug gefangen
tastend
bewege ich mich
suche einen Weg
einen Ausweg
um ihn zu finden

Nimm mir
meine Geburtstage
von den Schultern

wo die Flügel
noch nicht
gebrochen sind

Was anfangen

Was anfangen mit den vielen
ungeschriebenen Gedichten
den stenografischen Notizen
unlesbaren Zeichen

Was anfangen
mit den zerrissenen Worten
die sich verbinden
mich anklagen fordern
sie zusammenzusetzen

Wo fange ich an
wo höre ich auf
im drängenden
Herzlauf der Zeit

Wenn man wüßte

Wenn man wüßte
wie die Wohnung einzurichten
nach dem Maß des Atems
Tisch Stühle Bett
zu rücken in die Ruh

Den Schrank zu füllen
mit Geschirr und Schatten
dazwischen Pfade
für luftige Füße

Rosen in der Regenvase
im Glasbehälter
goldne Kiemen

Gelegentlich käme Besuch
von Fremdverwandten
ein Findling
ein Königskind

Sterne stünden Wacht
vorm Wind
die Krüge füllt der Mond
mit Abendwein

Wenn man wüßte
wie mit sich selbst
vereint zu sein

Karneval

Verlaß dich
auf die Unordnung

Die Stadt hat Auftrag
fröhlich zu sein

Der Mensch ist ein Kind
das will spielen
mit Feuer der Mensch
ist ein Kind auf der Straße
im Karnevalsreigen
Körper aus Kleidern
nimm die Klapper
Flecken gehn um

In den Himmel wachsen und welken
Blumen aus Sprengstoff
Karnevalsglück
der Mensch ist ein Kind
das lacht unter Tränengas

Was verbirgt sich

Mutter und Vater
im Schattenland

Gebirge
aus schwarzem Stein

Was verbirgt sich
hinter dem Licht
wo du warst
und sein wirst

Schlaf

Mit blinden Sternen
umstellt die Nacht das Haus
mit Blindenschrift
aus schwarzen Haken

Wir haben unsern Anteil Blindheit
eine augenlose Katze im Sack
gerettet vor dem Licht

Im Haar der Widerhaken
die Bettstatt: verchromtes Stroh
ein hartes Ruhekissen
für einen der nicht schläft

Wo
auf welchem verendeten und
ausgestopften Gewissen
liegt der Schlaf

Was hindert dich

Was hindert dich
immer du zu sein

Jeder Baum
hat sein Vielgesicht
seine besondere Seele
Eigenheiten

Du kennst Menschen
die dich nicht kennen
verstehst
ihre Augensprache
die Gesten ihrer Hände
ihr Versagen ihren Erfolg

Du bist vertraut
mit Deinen Träumen und
Enttäuschungen

Was hindert dich
mit dir selber
fertig zu werden

Schattenfleck

Flüchtige Muster Nachmittag auf
Vorhang Divan Wand war nicht vor einem
Augenblick die Fee hier Anemone
schüttet Farben in die Iris nicht hier
bin ich hier war einmal ein Milchfleck
ein Schattenfleck gestorben sagte der schwarze
Mann im Traum Puppe aus Porzellan steh brav
im Schrank ich will nicht brav sein tanze
um den Samowar er singt Kanarienvogel
aus dem Käfig fliegt das Zimmer
Kupferbrunnen Anemonentee

Zieht sich zurück das Licht hat
keine Zeit die Fee Adieu zu sagen entblättert
auf dem Schattenfleck Spuren rotviolett
in meiner Pupille tanzen Schatten der
schwarze Mann auf dem Vorhang Divan Wand ich
will nicht brav sein Puppe aus Porzellan
im Schrank der Brunnen
schließt die Kupferaugen

Wer II

Wasser
mein Kleid

mein Schuh
gescheitertes Schiff

Regenbogen
mein Hut

wer
wird mich erkennen

Mit leeren Händen

Ich komme zu mir
mit leeren Händen
fülle sie
mit Erinnerung
an eine sandgewordne Hand
auf die der Mond
seine Blindheit schreibt

Rauchzeit

In dieser Rauchzeit
ist der Glaube erstickt

Zünde eine Gedenkkerze an
im Tränenglas

Oder II

Hörst du
das Winterherz
schlägt an dein Herz

Bald
wird es still sein

Aber über dem Schnee
winkt schon der Frühling
mit bunten Blüten

Du weißt
es ist nicht für dich
oder

Wann beginnt

Distel Drossel
Steine im Strom

Ich träume
den tiefen Atem
der Nacht

Minerale im Blut
dieses Blinden-
Karussell

In den Bergen
fällt Schnee
im August –
der blinde Sommer

Meine Insektenzeit
beim Zwergvolk

Fällt eine Lawine
mein Haus
bau ich ein andres
Wasser

Mit den Fischen
versteh ich mich gut
ich warne die Forelle
vor dem Menschen

Halt
ruft er
aber ich gehe
dem Tag nach
den der Bach abtreibt

Wann
frag ich mich
wo
beginnt
mein Leben

Vielstimmig

Einmal wirst du
ich sein ich
werde du sein
einst

Kassiopeia verliebt
in Mars

Das Herz des Himmels
umarmt
das Erdherz

Tausch um Tausch
vielstimmig
Wortverwandtschaft

Dorn

Ich wollte dir
eine Rose dichten
es wurde ein Dorn

Ein Gedicht
wollt ich dir blühen
wurde ein Dornwort
die Rose

Nachher

Nach der Nullstunde
tauten auf
die gefrorenen Worte

Unser Atem
wurde tiefer

Die alte Sprache
kehrte jung zurück

unser verwundetes
geheiltes
Deutsch

Schreiben II

Worte
schreiben sich
in mir

Sie besuchen mich
atemlos
nehme ich sie auf

Sie kreisen um mich
ich schreibe ihren Kreis

Was du nicht weißt

Als wüßtest du
woher

Als wüßten Wasser Sterne Luft

Was du nicht weißt
erschafft
dein Wort

unwissend
sicher

Briefe IV

Ich lebe in einem Raum
aus Briefen

schreibe
mein Leben
an fünf Kontinente

Verwandte Freunde Bekannte
wir begegnen uns
auf dem Papier
reisen zueinander
in die Wortwelt

fragen antworten
was es noch gibt
was wir verlieren gewinnen
was wir sind
auf unserm Stückchen
Kosmos

Worte II

Mund
Mund der spricht
spricht Worte
helle
harte
verständliche
unbegreifliche
Worte

Mund an Mund
blühen Worte
behauchte
zu den Sternen geblasene
Worte

Sie fallen ins Gras
steigen auf mit dem Nebel
fallen herab mit dem Regen
willig
unwillig
sprühende
schwerfällige
Worte

abgerissen
aneinandergereiht
zusammengewachsen

Hauch in Hauch
die unverstandenen
ewigen Worte

Blumenvogel

Blumenvogel
mein Doppelgedicht
stachelbefiedert

fliegt manchmal
in den Himmel
hat eine verzweifelte Stimme
moll
dur

wie ein Vogel
nach Liebe ruft
wie eine Blume
sich wehrt und öffnet
im Licht

Grün und Grün

Worte eines Gedichtes
das mich schreibt
grün und braun

Ich erkenne mich nicht

Du gehörst mir
sagt der Frühling

Ich bewohne dich
sagt der Herbst

Revolte

Eine Revolte ausgebrochen
unter Wörtern
die sich nicht ducken
vor Verboten

Lippen nicht mundtot machen
auf die Spitze treiben
das Haupt-Wort
Liebe

Übergang II

Die Pappeln werden leer
kein Lied in der Luft

Deine Lippen füllen sich
mit Farbtönen
Untergangsgrün
rauhes Rot

Die weiße Allfarbensprache
lichtkonzentriert
nimmt dich beim Wort

Zwischen ja und nein

Modulation
einer Stimme

Zwischen Ja und Nein
die Spannung
einer Lippenlänge

Bezwungenes
Wort

Dichtung

Du hörst den Baum
Blätter erfinden die Fabel
du erfährst den Wald
Eichhornaugen
suchen Barmherzigkeit
in deiner Hand
du hörst Nüsse fallen
der Specht rüttelt Blätter
klopft an den Baum
klopft an dein Ohr
du hörst
erfährst

Ähren
diese verstohlenen Stimmen
fahren auseinander im Wind
finden sich im Wind
Stimmen gemeinsamer Einsamkeit
du erfährst das Ährengeheimnis
deine Stimme
zwischen den Zeilen
eine Ähre im Wind

Du siehst die Inschrift
im Halm im Blatt
hörst Brot wachsen
erfährst
das Waldwort
die Fabel
das Hungergeheimnis

Augen hören

Du bist blind
und taub

Nimm die Augen
meiner Worte

Sag mir was
ich sagen soll

Die Augen meiner Worte
hören dich

Feiern

Mit sechsundzwanzig Buchstaben
feiern
das Wunder
Wort

Die Posaune blasen
für das Schöne
Landschaft Amsel Mensch
Bild und Skulptur

Liebe
Sternspiel Erde
Heimat Mutter

Gedächtnis
und Atemhauch

Nimm

Nimm meine Worte
die von der Erde sind

Ich hab sie
aus dem goldenen
Kranz der Sonne
geholt
ins Bewußtsein

Sie sind mutig
und wollen
leben

Stab

Ein Gedicht
beginnt nicht
hört nicht auf

Spiegel aus Luft
Stab der verwandelt

Wenn Worte

Vom Schweigen besessen sein
Ungesagtes aussprechen
wann Worte sich finden und
Rede stehn

Das Verschwiegene

Wir haben nie
aufgehört
WIR
zu denken

Stimme
bewohnt unser Wort

wiederholt
das Verschwiegene
Wir

Widmung

Worte
Mütter und Väter
meiner zahllosen Wiedergeburten
und meiner Kinder

Glückliche verzweifelte
blinde weitblickende
Worte
führen mich
zu euch

bringen mich zurück
zu mir selber

und meinem Lebenssang
den ich euch widme

Buchmesse

Verwandelte Stimmen
toter Wälder
rufen
rufen auf

Anfangswort
so blau
das Schwarz
auf dem Blatt

Wörter der Mitte
Vermittler

Aus Zeilen
Zelte

Silben
finden sich

im Kinderatem

auf zeittätowierten
Lippen

Buchstabenkrieg

Es geht
um die zuckende Erde
den gekreuzigten Himmel

in einem Winkel
der Friedensengel
schläft

Lautloses Gespräch

Deine Worte lautlose
Silben legst du
mir in den Mund

Gesprächig dein Atem
bejaht unser Jahr

Wir haben uns viel
zu sagen viel sagt dein
Hauch meiner Haut

Ohne dich stumm
die Stunden ohne dich
stumm

Robinsoninsel

Wie bin ich
auf die stumme
Robinsoninsel geraten

Palmen
Kokosnüsse
ich überlebe

Wellen reden mich an
wollen mich überreden
bei ihnen zu wohnen

Ich liebe
feste Erde

Es heißt
Holz fällen
ein Boot bauen
und heimfahren
ins Wortland

Ungesagt

Ungesagt
alles
die ersten Eröffnungen
noch nicht Fuß gefaßt
im Gehör

Tägliche Sage
Hunger
In Brot verwandelt

Lippen träumen
Zwiegespräche
im Schlaf

Landkarte
im Sprachgefühl
was sagen die
verschwiegenen Sterne

Unbescholten
vor dem Sündenfall
sind wir

vergessen
Sager und Sage
fragen
vergessen die Antwort
fragen

alles
noch ungesagt

Zwischenzeilwort

Viele Gedichte gefunden
aber
Ich suche das Wort
Zwischenzeilwort
im bunten Buchstabentanz
Konsonanten Vokale
Vokabeln ich taste
die Weite und Tiefe
der Wörter
suche erfinde
das verstohlene
Wort

Für dich

Der Storch aus meiner
Wortwelt
bringt mir Kinder

Ich schenke sie
dir

Die Blinde

Die Blinde am Fenster
schaut in ihr
Licht

Sie wiederholt
das Wort
schön

Was sie nicht sieht
sieht sie
schön

Mode

Getrennt
vom Satz
das Wort

Einsiedler
auf sandiger
Insel

Im Silbenboot
Rundfahrt
um die eigne
Achse

Schreib

Pakt mit dem klugen Spötter
er gibt dich Hexen preis
sie tanzen dich
ins blendende Nichts

Was du schreibst verschluckt
der Augenblicksmoloch
er reißt dir
die Sätze vom Finger

Deine Feder sträubt sich
beim Niederschreiben von heiligen Namen
sie wollen ruhen in ihren Atomen

In Atem gehalten von Metamorphosen
die Toten haben nicht Zeit
deine Fragen zu beantworten

Am Himmel stehn unverständliche Zeichen
vielleicht auch deine Handschrift
der Text diktiert
von wem

Schreib
es bleibt dir
nichts übrig

Verfolgt

Mein Handwerk hat
einen papiernen Boden

Er bricht
nicht

Unverwüstliches Wort
immer auf der Flucht

verfolgt
vom Wahn der Ewigkeit

Ans Ufer

Mit dem Wasser
sprechen
von Fisch zu Fisch

Schwimmende Worte
ans Ufer getragen

Sonne Sand und Mensch
fangen sie auf

Lesung

Worte die dich wiedergeboren haben
fallen von deinen Lippen
aufgefangen von fünfzig oder hundert
Wortliebhabern

Die Stille brüllt hör auf
aber die Worte stehen streng
vor deinen Augen die
deinen Lippen diktieren ließ

Die Muse schläft in einem Winkel
des Saals

In einer halben Stunde
darfst du tiefer atmen
dich freuen über den Beifall
beantworten die unvernünftigen Fragen

Handschrift

Ich habe die Schrift geprüft

Im rechten Winkel die Neigung
Hochgefühl
wie rasch das Tintenblut fließt
Haargeflecht Schattengeflecht
welcher Sinn

Spiel aus Spiegeln
Silbengebilde
bewegen sich im weißen Raum
leichtfüßig wie der Schreiber
zeigt schraffiert seine Züge
klar die Zeichen im Blick

Zwischen den Zeilen
verstohlen
geistert der Traum

Lippen
ungebrochene Linien
nehmen den Deuter
beim Wort

Singvögel I

Flügge
vom Äther verwirrt
unwissend auf welchem Strahl
die Töne zu reihn

stürzen sie sich
ins Licht

Mit ausgebreiteter Freude
der erste Schrei

Der Stimme gewiß
überlassen sie sich
dem Sang

Unermüdliche Übung
im Glück

Ein Märchen II

Im Pruth hüpften die
Spiegelbilder der Weiden

Ich badete und
sang Lieder

Es waren
verstohlene heitere Stunden
mit Freunden und
freundlichen Fremden

Daheim erwarteten mich
wichtige Bücher und
unbeschriebene Bogen Papier

Ich las ich schrieb
und träumte
es würde sich alles
zum Guten wenden

Ein Märchen
kurz vor der
Weltkatastrophe

Leonardo da Vinci

Im Louvre hängt das
Lächeln der Mona Lisa

Leonardos Flugtraum
Wirklichkeit geworden

Auch das Giocondalächeln
ist wahr
ein Spiegel
in dem jede Frau
sich erblickt

Nur einen Augenblick

Du hast dich eingeschlichen
in meinen Traum
deine Jahrtausendwohnung

Laß mich
nur einen Augenblick
wach sein

Lied III

Du schwiegst zu mir
wie ein Orakel

Ich wartete
auf deinen Wink
und folgte dir
bis zu den Wolken
die um uns schlossen
einen Ring

Du sprachst zu mir
wie ein Orakel

mit deinem un-
sichtbaren Mund
schwing du
dich selbst empor bis
zu den Sternen
mit Worten aus dem
Herzensgrund

Wach bleiben

Nicht geglückt
die Ehe mit dem Schlaf

Wir sind geschieden

Es heißt
wach bleiben
und träumen

Dazwischen

Du
in Farben gehüllt

Einen Happen Brot
einen Happen Tod

Dazwischen tanzt
dein Traum

Gib Kunde

Gib Kunde
vom Traum
der dich gebar
der dich träumt

Gib Kunde
Geträumter
vom Ursprung
deines Traums

Welche Urkunde
zeigt deine
Herkunft

Am Meeresgrund
die noch verborgene
nicht ins Licht gehobene
Schrift

Gib Kunde
wie träumst du
die Ordnung der Buchstaben
die Anordnung
JA
NEIN
TRAUER
GESANG

Weit der Weg
zu den zwei Buchstaben
J A

Wie erreichst du
die magische Stelle
im Alphabet
den geheimen Buchstaben
den eingeträumt tödlichen
Anfang

Mai V

Der neue alte
Meister
taucht Farben
in Blüte
unsre Augen
in Farben

Kindgeworden
unter dem Maikäfermond
wir blinden
Tauträumer

Singvögel II

Die Kaltzeit
hat die Singvögel
verbannt

Ihr Traum
treibt sie
in die Wärme

wo
sie singen können

Maskensturz

Im Maskensturz
das fünfsinnige Hier

Noch
bin ich bei dir
Verwandelter
bist du noch
dem vollkommenen Vorbild
verwandt

eine Augenahnung
mein Freund

Von früh bis spät

Der Morgen erzählt
die Abenteuer der Nacht

Am Vormittag
bringen Störche
Kinder ins Haus

Nachmittags wachsen sie
weinen
und lachen die Mutter aus

Abends
sind die Menschen alt
und erwarten
verjüngende Träume
von der Nacht

Geschwister

Aus dem Buch die Stimme
spricht deutlich
ihr Credo

Sie hat mich gefangen
ich leg mich
in ihr Märchen
atme ein ihren Zauberduft

Geschwister sind wir
kennen uns nicht
aber wir schwimmen
im gleichen Strom
und lieben
das Schweigen der Fische

Hinausschieben

Immer wieder
hinausschieben
den Traum

Der Geigenspieler
wird dich verführen
der Demagoge
der Mann mit der Münze

Dein Gesicht
verschoben
von Atem zu Atem

Du wirst suchen
im Geflecht aus Gesten und
Versprechungen

Sie werden dich entführen
und du wirst dich suchen
und immer wieder
hinausschieben
deinen Traum

Rückkehr V

Du wirst zurückkommen
zu den Geheimnissen

Sie werden zu dir kommen
wenn du Getreide mähst
oder Wörter drischst

oder
du liegst auf der Alm
neben sterblichen Disteln
aufgedunsen von Wissen
überdrüssig

ein betäubtes Tier
festgeschlafen
im Rückkehrtraum

ein anderer
Atem

Flucht II

Flucht
zur Schlaraffenwiese

Spiel mit Kamelien
und gesponnenen Kugeln

Im Einverständnis mit der Luft
schwebst du einen Atemzug lang
auf einem Löwenzahnfaden

fällst zurück
aus der Flucht
in die
Wirklichkeit

Unzulänglich

Ich wehre mich
gegen mich

die nicht leben kann
ohne das unzulängliche Märchen
Wahrheit

Die Nacht II

Die Nacht
                    lehnt an den Mond ihr Gerüst
fällt der Mann aus dem Kreis altmodisch
gekleideter Greis eine Mumie lächelt
die Sphinx es ist nicht wahr es ist wahr
sie lächelt sie lacht dem Greis ins
vergilbte Gesicht

Ein Meteor fällt durch die Tasche aufs Pflaster
die Börse bankerott in dieser und
jener Welt fallen Blätter
Blätter zeigen an die Aktien die Auktion fängt an
lächelt die Sphinx es ist nicht wahr es ist wahr
sie lächelt sie lacht dem Hammer in den Schlag

Kassiopeia überbrückt die Kluft bald
bist du unter dem Hammer Münzen brennen
in der Hand der Käufer wägt der Glanz der Täufer
das Wasser Untergewicht lächelt die Sphinx
es ist nicht wahr es ist wahr sie lächelt
sie lacht dem Käufer dem Täufer gleichzeitig
gleichmütig
ins vergilbte Gesicht

Grüne Chiffre

Brennesselsonne
liebkost das
Stiefmütterchenkind
totviolett

Der Erzengelsohn
mit verbrannten Fingern
zählt er die Zeit
Blätter im Klee verborgen
ein kleiner Akkord vierstimmig
kein Stiefmutterspiel

Spiel grüne Chiffre Glück
mit dem Kind

Morgenröte

Gestern
weinte der Himmel
die Erde
trank seine Tränen

Heute ist Kindertag
am Horizont
die Kinder tanzen einen
roten Reigen

und die Erwachsenen
fragen
wann träumt der Himmel uns

Suchen I

Ich suche
eine Insel
wo man atmen kann
und träumen
daß die Menschen gut sind

Mit Schweigen

Mit meinem Schweigen
werde ich dich
zum Reden bringen

Dann hören wir
gemeinsam
den unterirdischen
überirdischen
Gesang

Der Ring

aus Golddraht
hält blauen Glanz

Gold das sich dreht
um den Finger
um das sich dreht
die Erde

Himmelsgold
da gehen Engel spazieren
stehen in runden Reihen
blau
wie der Saphir
im Ring

Lassen uns nicht

Mein Volk

Mein Sandvolk
mein Grasvolk

wir lassen uns nicht
vernichten

Nicht verloren

Kein Augenblick
verloren

Maiglöckchen
läuten lautlos
ihre Duftzeit

Bäume
im Jahrhundertgespräch
mit Nachbarbäumen

Dein Atem träumt
durch das Atemherz
des Augenblicks

Suchen II

Ich such dich
im Lande meiner Träume
rufe dich
ein Echo kommt zurück

Ich dringe
zu den Wurzeln
schenke meine Sterne
einer unbekannten Hand

Noch hör ich
deine Stimme die
vor hundert Jahren
mir viel zu sagen hatte

Ich rufe
suche dich im Lande
meines Traums

Traumdeuter

Josef
umarmt den Staub

Mir träumte:
eine der Siamesischen Zwillinge
nahm einen Mann
aus Verzweiflung
in den Schoß der andern
fiel ein Komet

Mir träumte:
ein Heuschreckenheer
verheert die Ernte
auf die Hungernden
fällt ein Feuerregen

Eine Stimme flüsterte
im Traum:
Geist macht alles ungeschehen
wird
die Macht ergreifen
und
das Traumkraut segnen

Träume werden Zeichen geben
mahnte die Stimme

Aber es ist kein Verlaß
auf die Traumdeuter
von heute

Träumen II

Ich träume dich
Freund

Komme zu dir
wenn du mich rufst

Komme mit dir
wenn du mich mitnimmst
in deinen Traum

Unentbehrlicher Anfang

Seit drei Ewigkeiten
suche ich dich
Unbeschreibbarer

Du schläfst
zwischen Erde und Himmel
und bist doch immer
wach
ein unentbehrlicher
Anfang

Nachwort

Kritiker vergleichen gern; und die Kritiker der Rose Ausländer erst recht. Kaum ein Aufsatz, eine Rezension, ein Hinweis auf die Dichterin, die ohne Bezüge auskommen. Stets ist Rose Ausländer umstellt von immer gleichen Namen, ehrenden und schmeichelnden, die dennoch entmündigen können: Else Lasker-Schüler, Gertrud Kolmar, Nelly Sachs... Vergleiche können hilfreich sein, signalisieren aber auch Abhängigkeit, ja Epigonentum, im freundlichsten Falle so etwas wie Tradition. Und diese Tradition wird ihrerseits durch immer gleiche Stichworte definiert: Verfolgung, Grauen und Emigration. Judentum, Bibel und Chassidismus gelten immer wieder als die alleinigen Antriebe zum poetischen Tun. Dagegen ist, um mögliche Mißverständnisse gleich auszuschließen, gar nicht viel einzuwenden; Vergleiche sind nicht nur legitim, sondern notwendig und erhellend.
Doch wird man mit all den Einstufungen nicht froh; sie machen Rose Ausländers Gedichte, literarische Arbeiten, die (auch) als solche kritisch gelesen werden möchten, automatisch zu Berichten und Schreckensprotokollen. So fürchterlich und wichtig der historische Hintergrund ist: Es geht nicht nur um Nachricht und Mitteilung – auch auf die Worte, die dichterischen, kommt es an, auf deren Verbundenheit mit- und untereinander, »Wort mit Wort mit Wort«, auf die gültige sprachliche Komposition, wie Rose Ausländer einst sagte, auf den sogenannten »Stil«, auf das stimmige Zusammengehen von Autor und Vers, von Vers und Autor, die Schicksalsgemeinschaft: »Wörter sind keine fügsamen Figuren, mit denen man nach Belieben verfahren kann«, erfährt die Lyrikerin. »Ich hätte sie mißverstanden, behaupten sie, sie hätten es anders gemeint. Sie seien nicht auf der richtigen Stelle untergebracht«. Sperrig sind sie, unduldsam, »drehen den Stil um, greifen mich an, zwingen mich, sie hin- und herzuschieben,

bis sie glauben, den ihnen gebührenden Platz eingenommen zu haben...« In solcher Auseinandersetzung entsteht Dichtung. »Hart sind sie, auch die zartesten«, zeigen die schier zahllosen Ausländer-Gedichte, zeigen es bis zuletzt, bezeugen es über den Tod der Autorin hinaus. Sie schrieb, um zu träumen, erklärt das Wort *Traum* von sich aus zu einem ganz besonderen und gibt ihm – wie den Begriffen »Sterne, Wort, Atem, Luft« – immer wieder die tiefste Bedeutung (*Singvögel II*):

Die Kaltzeit
hat die Singvögel
verbannt

Ihr Traum
treibt sie
in die Wärme

wo
sie singen können

Im Traum wird der Mensch das Echo seiner selbst, im Traum und in den »zu den Sternen geblasenen Worten«. Träumen und im richtigen Lebensmoment das richtige Wort aussprechen, das »Goldwort« – Worte, die »Rede stehn«, die »mutig« sind und »leben« wollen: die stellen sich dem großen Zeitzerfall entgegen und allem, was den »Atem der Blumen« zerschlägt, der »Plünderung« der Farben und des verletzlichen Lichts, das »einen Leib hat / in deinem Denken«. Es gibt keine bessere Möglichkeit als »wach bleiben / und träumen«.

Rose Ausländers lyrisches Vermächtnis: Was ist's anderes als wort- und traumgewordene Dankbarkeit, erhabene Demut, Lob der Augen, der »Augen meiner Worte« und der Wunder, die sie täglich von neuem wahrnehmen dürfen, der ganzen Welt also, der gesamten unversehrten Natur, der »flüchtigen Landschaften« und Jahreszeiten, der »Perle / Frühling«. Was ist's anderes als das Hohelied auf das Kleinste und, auf den ersten Blick, Imponierendste, auf Grashalm und Königskerze, Mimose, Primel und Löwenzahn, auf das unschlagbare Reich der Steine. Und, wie es sich geziemt, stets auf die Bäume, auf ihr Grün, ihren Respekt und ihre zweifellose Hingabe (*Die Bäume*):

Immer sind es die Bäume
die mich verzaubern

Aus ihrem Wurzelwerk schöpfe ich
die Kraft für mein Lied

Ihr Laub flüstert mir
grüne Geschichten

Jeder Baum ein Gebet
das den Himmel beschwört

Grün die Farbe der Gnade
Grün die Farbe des Glücks

Die Bäume. Auch sie sind ein – hervorragender – Traum, der vitalste. Und ein großes Wort, eines der mächtigsten und reichsten: »Jeder Baum / hat sein Vielgesicht«. Das Zwiegespräch, Zwiegeflüster, mit ihrem kräftigen (»mein Baum hat zehn Stämme«) und doch so gefährdeten sanften Grün hat weder Anfang noch Ende – das Gespräch über Bäume (nicht bloß) als poetisches Mahnen und Erinnern, als Lebens- und Trauerarbeit, wie sie so überdeutlich momentan wohl nur von der Schweizerin Erika Burkart geleistet wird: Wir lassen uns, von wem auch immer, unsere Bäume nicht nehmen, nicht schänden, nein, diese edelsten Gefährten und Lebensretter sollen für immer die Möglichkeit haben, ihr eigenes, ewiges Gespräch zu halten: »Bäume«, staunt Rose Ausländer im Gedicht *Nicht verloren* – »Bäume / im Jahrhundertgespräch / mit Nachbarbäumen«. Und irgendwo die unsägliche Zärtlichkeit: »SONNE sagst du / und berührst mit Fingerspitzen / ihre Wange am Fenster«. Mit Fingerspitzen berührt die Dichterin Ausländer Unendliches, ehrt sie Stein und Luft und – BAUM; die will sie zusammenbringen, alles mit allem, zusammenhalten – »eine unermüdliche Übung / im Glück« (*Kneten*):

Die Nacht an die Sterne
kneten
damit sie zusammenhalten
und wir mit ihnen zusammenhalten
in leerem Schwarz

Das Schwarz kneten
bis die Sonne es
in die Hand nimmt
und durchleuchtet

Uns knetet die Sonne
in Farben
damit wir mit ihr zusammenhalten
Körper die sich bewegen
in ihrem siebengespaltenen
Licht

Blutsverwandt sein mit allem Sicht- und Hör- und Spürbaren und mit allen, »die ich nicht kenne / die mich nicht kennen / und doch wissen / daß wir / blutsverwandt sind«; »jedem Namen« »die Farbe / die [ihm] gebührt«.
»Ich bin ein Hauch aus Worten«, sagt Rose Ausländer und bringt sich selbst und selbstverständlich in das heillos zerstrittene und doch so einige Naturganze ein, scheu und ebenso wachsam, schlicht und im direktesten Sinn des Wortes: natürlich. Es wäre albern, ihr und ihrem »Wortland« einen alten »existentiellen« Stempel zu verpassen – wär's wirklich so dumm? »Ohne mich / wäre alles anders« (*Zusammenhang*), spürt und weiß sie mit ganzer Sicherheit, weiß, daß es ohne ihr eigenes Denken keine lebendige Erde geben kann (»Die Erde denkt / durch mich«), weiß, daß es ohne ihr Schauen kein Sternenlicht gäbe (»Mein Licht

schenke ich / den Sternen«) und ohne ihre Sehnsucht keine Bäume (»In den Bäumen rauscht / meine Sehnsucht«). Weiß, wie schwierig und schmerzlich, wie unmöglich und beglückend es ist, gänzlich in die Natur zu schlüpfen, für Momente nur – und bloß als »ein Stäubchen Stoff / ein Fünkchen Geist«. Wer das schafft, kommt bei sich selber an, findet die Vereinigung mit seinen tatsächlichen Eigenheiten, doch:

Wenn man wüßte
wie mit sich selbst
vereint zu sein

Wer es nicht weiß und wortlos bleibt, unterliegt im »Krieg / mit der Zeit«, mit der eigenen Natur. Rose Ausländer sinnt und fühlt und dichtet sich selbst entgegen, spricht sich selber zu, mit allen Wörtern, die sie kennt, »Zwischenzeilworten«, heimlichen, verborgenen, ja durchaus subversiven. »Ich suche das Wort / das mich fände«, notierte Erika Burkart in einem ihrer früheren Gedichte. »Jedes Wort / ist ein Maß für Distanzen, / die ich mit Worten / nicht überwinde. // Wortlos lerne ich lauschen. / Lauschen ist ein Gespräch mit dem Schweigen. // Gedichte sind Grade des Schweigens.« (*Dazwischen*«, 1964) Wie ein spätes, doch ganz sich selber entsprechendes Echo, Ausländers »Zwischenzeilwort«; mit einem beherzten Stich ins offenbar Neckische, Tänzerisch-Bewegte:

Viele Gedichte gefunden
aber
Ich suche das Wort
Zwischenzeilwort
im bunten Buchstabentanz
Konsonanten Vokale
Vokabeln ich taste
die Weite und Tiefe
der Wörter

suche erfinde
das verstohlene
Wort

Tanz, Bewegung, Spiel: Der Kritiker Jügen P. Wallmann war 1977 wohl einer der ersten, der Rose Ausländers Hang zum »hintergründigen Wortspiel« ausmachte – »wobei sich dann«, stellte er in einem Beitrag zur ersten Ausgabe der *Gesammelten Gedichte* im Literarischen Verlag von Helmut Braun fest, »aus den Variationen und Bedeutungsverschiebungen [»ähnlich wie bei Erich Fried«] Erkenntnisse ergeben sollen«. Nicht nur die »Sinnbilder des Grauens«, nein, auch offene oder höchst geschickt kaschierte, klammheimliche Weltfröhlichkeit, scheinbare Koketterie, Versteckspiel:

Meine Lebenslinie
Geheimschrift
verrate ich nicht

Und sehr viel Liebe, irdische Liebe, »unternehmungslustige / freigiebige« Liebe, »handfeste«, kurz und bündig, wie man gemeinhin sagt: »Hand aufs Herz / ich liebe dich«. Und der unvergängliche, erfindungsfreudige, wilde Traum von der Liebe (*Träumen II*):

Ich träume dich
Freund

Komme zu dir
wenn du mich rufst

Komme mit dir
wenn du mich mitnimmst
in deinen Traum

Und Neubeginn in jedem Vers, in Wort und Traum, Neuorientierung und »unentbehrlicher / Anfang«. Das Leben drängt nach allen Seiten, kommt so wenig zur Ruhe wie die Worte, die wir immerfort sprechen und doch nicht verstehen lernen (»Mein Gott sagst du / als wüßtest du seinen«); wie das bare Staunen über das unvergängliche, gnädige Morgenlicht: »Am Morgen / seh ich die Sonne / und bin dankbar« – so einfach: »Sie wiederholt / das Wort / schön«.

Dieter Fringeli

Editorische Notiz

Am 3. Januar 1988 starb Rose Ausländer im Nelly-Sachs-Haus, dem »Elternheim« der Jüdischen Gemeinde in Düsseldorf.
Als ich Ende Januar 1988 ihren literarischen Nachlaß an mich nahm, fand ich in einem kleinen, rotkarierten Stoffkoffer neben wichtigen Dokumenten, Fotos und Briefen eine rote Pappmappe mit rund vierhundert Gedichten. Mit Blaustift hatte Rose Ausländer »Zur Veröffentlichung« und »1980« auf den Deckel notiert. Die Durchsicht der Manuskripte ergab, daß etwa zweihundert dieser Gedichte zwischenzeitlich bereits publiziert waren. Die verbliebenen zweihundertunddrei Gedichte wurden im Ergänzungsband zum Gesamtwerk im S. Fischer Verlag unter dem Titel *Jeder Tropfen ein Tag* erstmalig veröffentlicht. Viele dieser Gedichte entstanden in den siebziger Jahren. Bei einigen wenigen Texten sind frühere Fassungen und Varianten nachweisbar, die aus den sechziger Jahren stammen. In Kenntnis der Arbeitsweise Rose Ausländers gehe ich davon aus, daß die Gedichte, unmittelbar bevor sie zur Veröffentlichung bestimmt wurden, also 1979/1980, ihre Endfassung erhalten haben. Mit der Veröffentlichung dieser Gedichte war die Publikation aller deutschsprachigen Gedichte Rose Ausländers abgeschlossen.

Helmut Braun
Lanzarote, November 1992

Zeittafel

1901	Rosalie Beatrice »Ruth« Scherzer wird am 11. Mai in Czernowitz/Bukowina (Österreich) geboren.
1907–1919	Schulbesuch. Volksschule, Lyzeum Czernowitz und Wien.
1916–1918	Kriegsbedingter Aufenthalt in Wien.
1919	Matura in Czernowitz. Seit 1919 intensive Beschäftigung mit der Philosophie (Platon, Spinoza, Constantin Brunner). Mitglied im Ethischen Seminar in Czernowitz.
1919/1920	Studium der Literatur und der Philosophie an der Universität Czernowitz.
1920	Der Vater stirbt.
1921	Im April Auswanderung in die USA zusammen mit Ignaz Ausländer.
1921/1922	Aufenthalt in Minneapolis/St. Paul und Winona. Hilfsredakteurin bei der Zeitschrift *Westlicher Herold* und Redakteurin der Kalenderanthologie *American Herold* (bis 1927). Hier publiziert sie ihre ersten Gedichte.
1922	Ende des Jahres Übersiedlung nach New York.
1923	Bankangestellte. Am 19. Oktober Heirat mit Ignaz Ausländer.
1926	Erhalt der Staatsbürgerschaft der USA. Gründungsmitglied des Constantin-Brunner-Kreises in New York.
Ende 1926	Trennung von Ignaz Ausländer.
1927	Einmonatiger Besuch bei Constantin Brunner in Berlin.

1928	Pflege der erkrankten Mutter in Czernowitz.
Ende 1928	Rückreise nach New York.
1930	Am 8. Mai Scheidung von Ignaz Ausländer.
1931	Anfang des Jahres Rückkehr nach Czernowitz (Rumänien) zusammen mit dem Graphologen Helios Hecht, mit dem sie in den Folgejahren zusammenlebt.
1931–1936	Gedichtpublikationen in Zeitungen, Zeitschriften, Anthologien, journalistische Tätigkeit, Übersetzungen, gibt Englisch-Unterricht.
1934	Aberkennung der amerikanischen Staatsbürgerschaft wegen dreijähriger Abwesenheit aus den USA.
1935	Trennung von Helios Hecht. In den Folgejahren überwiegender Aufenthalt in Bukarest. Arbeitet in einer chemischen Fabrik.
1939	Reisen nach Paris und New York. *Der Regenbogen*, Rose Ausländers erste Buchpublikation, erscheint in Czernowitz.
1941–1944	SS-Truppen besetzen Czernowitz. Rose Ausländer wird im Getto der Stadt gefangengesetzt und darf nach Auflösung des Gettos die Stadt nicht verlassen. Zwangsarbeit, Todesnot, Kellerversteck. Sie lernt Paul Celan (Paul Antschel) kennen.
Frühjahr 1944	Im Frühjahr besetzen russische Truppen die Bukowina. Die jüdische Bevölkerung wird befreit. Rose Ausländer arbeitet in der Stadtbibliothek von Czernowitz.
1945	Im Dezember Ausreiseantrag nach Rumänien.
1946	Im August Ankunft in Bukarest.

Im September über Marseille Ausreise nach New York.

1947 Die Mutter stirbt in Satu Mare, Rumänien.

bis 1961 Arbeit als Fremdsprachenkorrespondentin bei der Spedition Freedman & Slater, New York.

1949–1956 Rose Ausländer schreibt ihre Gedichte ausschließlich in englischer Sprache.

1957 Von Mai bis November Europareise, zeitweise mit Miriam Grossberg.
Drei Treffen mit Paul Celan.
Reisestationen: Rotterdam, Paris (und Frankreich), Italien, Griechenland, Spanien, Norwegen, Wien (und Österreich), Schweiz, Paris, Amsterdam.

1961 Am 8. Dezember endet krankheitsbedingt die Tätigkeit bei Freedman & Slater.

1963 Im Mai Reise nach Wien, wo der Bruder und dessen Familie aus Rumänien kommend im Flüchtlingslager eingetroffen sind.

1964 Vierwöchiger Aufenthalt in Israel.
Kurze Rückkehr nach New York zur Vorbereitung der endgültigen Übersiedlung nach Wien.

1965 Übersiedlung in die BRD, nach Düsseldorf.
Blinder Sommer, Rose Ausländers erste Buchpublikation seit 1939, erscheint in Wien.

1966 Rente und Entschädigung als Verfolgte des Naziregimes.

bis 1971 Zeit des Reisens in Europa. 1968 letztmalig für sechs Monate in den USA.

1966 Silberner Heine-Taler des Verlages Hoffmann & Campe, Hamburg.

1967 Droste-Preis der Stadt Meersburg.
36 Gerechte

1973 Endgültiger Einzug ins Nelly-Sachs-Haus, das Elternhaus der jüdischen Gemeinde in Düsseldorf.
Inventar

1974 *Ohne Visum*

1975 *Andere Zeichen*

1976 *Gesammelte Gedichte*
Mit diesem Band beginnt die Zusammenarbeit mit dem Literarischen Verlag Braun, Köln.
Noch ist Raum

1977 Ida-Dehmel-Preis der GEDOK
Gryphius-Preis
Letzte öffentliche Lesung anläßlich der Preisverleihung.
Zur Eröffnung der Ausstellung »Rose Ausländer« im Heinrich-Heine-Institut, Düsseldorf verläßt die Autorin letztmalig das Nelly-Sachs-Haus.
Doppelspiel
Selected Poems (London, erste Auslandsausgabe)

1978–1988 Bettlägerig.

1978 Ehrengabe des BDI.
Aschensommer (erstes Taschenbuch)
Mutterland
Es bleibt noch viel zu sagen

1979 *Ein Stück weiter*

1980 Roswitha-Medaille der Stadt Bad Gandersheim.
Die Zusammenarbeit mit dem S. Fischer Verlag, Frankfurt, beginnt.
Einverständnis

1981 *Mein Atem beißt jetzt*
Im Atemhaus wohnen
Einen Drachen reiten

1982 *Mein Venedig versinkt nicht*
Südlich wartet ein wärmeres Land
1983 *So sicher atmet nur Tod*
1984 Literaturpreis der Bayerischen Akademie der schönen Künste.
Die Herausgabe der *Gesammelten Werke* (GW) im S. Fischer Verlag beginnt.
Hügel / aus Äther / unwiderruflich (GW Bd. 3)
Im Aschenregen / die Spur deines Namens (GW Band 4)
Ich höre das Herz / des Oleanders (GW Band 5)
1985 *Die Sichel mäht die / Zeit zu Heu* (GW Band 2)
Die Erde war ein atlasweißes Feld (GW Bd. 1)
Ich zähl / die Sterne meiner Worte
1986 Literaturpreis des Verbandes der Evangelischen Büchereien für *Mein Atem beißt jetzt*.
Wieder ein Tag / aus Glut und Wind (GW Band 6)
1987 *Ich spiele noch*
Der Traum hat offene Augen
1988 Am 3. Januar stirbt Rose Ausländer in Düsseldorf im Nelly-Sachs-Haus. Sie wird auf dem jüdischen Friedhof im Nordfriedhof in Düsseldorf beerdigt.
Und preise die kühlende / Liebe der Luft (GW Band 7)
1990 *Jeder Tropfen / ein Tag* (GW Band 8)
Mit diesem Band liegt das Gesamtwerk Rose Ausländers vollständig vor.

Alphabetisches Verzeichnis nach Gedichttiteln

Alphabetisches Verzeichnis nach Gedichtanfängen

Quellenverzeichnis

Mona Lisa
In: Der Aufbau, New York, 30. 12. 1966.
Durchsichtig
In: Düsseldorfer Nachrichten, Düsseldorf, 25. 04. 1970.
Die Schere
In: Rheinische Post, Düsseldorf, 17. 02. 1971.

Alle anderen Gedichte wurden erstmalig veröffentlicht in:
Jeder Tropfen ein Tag. Gedichte aus dem Nachlaß.
S. Fischer Verlag, Frankfurt/Main 1990, S. 9–231.

Inhalt

Rose Ausländer

Gesamtwerk in Einzelbänden

Herausgegeben von Helmut Braun

Wir ziehen mit den dunklen Flüssen
Gedichte 1927-1947. Band 11151

Denn wo ist Heimat?
Gedichte 1927-1947. Band 11152

The Forbidden Tree
Englische Gedichte
Band 11153

Die Musik ist zerbrochen
Gedichte 1957-1963. Band 11154

Wir pflanzen Zedern
Gedichte 1957-1969. Band 11155

Wir wohnen in Babylon
Gedichte 1970-1976. Band 11156

Gelassen atmet der Tag
Gedichte 1976. Band 11157

Sanduhrschritt
Gedichte 1977-1978. Band 11158

Fischer Taschenbuch Verlag

fi 167 / 22 a

Rose Ausländer

Treffpunkt der Winde
Gedichte 1979. Band 11159

Hinter allen Worten
Gedichte 1980-1981. Band 11160

Die Sonne fällt
Gedichte 1981-1982. Band 11161

Und nenne dich Glück
Gedichte 1982-1985. Band 11162

Brief aus Rosen
Gedichte 1987. Band 11163

Schweigen auf deine Lippen
Späte Gedichte aus dem Nachlaß
Band 11164

Die Nacht hat zahllose Augen
Prosa. Band 11165

Schattenwald
Nachträge. Gesamtregister
Band 11166

Fischer Taschenbuch Verlag

fi 167 / 5 b